Uri Shulevitz
EL TESORO

Traducción de Maria Negroni

MIRASOL / *libros juveniles*
Farrar, Straus and Giroux
New York

A Gertrude Hopkins
y a Peter Hopkins,
que me enseñaron las técnicas de los grandes maestros

Había una vez un hombre cuyo nombre era Isaac.

Vivía en una pobreza tan grande que una y otra vez
se iba a dormir con hambre.

Una noche, tuvo un sueño.

En el sueño, una voz le indicó que fuera hasta la
capital del reino y que buscara un tesoro debajo
del puente a un lado del Palacio Real.

— Es sólo un sueño —, pensó al despertar y no le
prestó atención.

El sueño se repitió. Pero Isaac siguió sin prestarle atención.

Al volver el sueño por tercera vez, se dijo:

— A lo mejor es cierto —, y entonces emprendió su
viaje.

De vez en cuando, alguien lo llevaba unos pasos.
Pero la mayor parte del camino, lo hizo a pie.

Atravesó bosques.

Cruzó montañas.

Por fin, arribó a la capital del reino.

Pero cuando llegó al puente que estaba a un lado
del Palacio Real, vio que había custodia noche y día.

No se atrevía a buscar el tesoro.
Sin embargo, cada mañana regresaba al puente y
merodeaba por sus alrededores hasta el anochecer.

Un día, el capitán de los guardias le preguntó:

—¿Qué buscas aquí?

Isaac le contó el sueño. El capitán se echó a reír.

— Pobre infeliz —, le dijo, —¡qué pena haber estropeado tus zapatos por un sueño! Mira, si yo diera crédito al sueño que tuve una vez, iría ahora mismo a la ciudad de donde tú vienes y buscaría un tesoro bajo el horno de la casa de un hombre llamado Isaac. Y se rió de nuevo.

Isaac hizo una reverencia al capitán y emprendió el largo camino de regreso a casa.

Cruzó montañas.

Atravesó bosques.

De vez en cuando, alguien lo llevaba unos pasos.
Pero la mayor parte del camino, lo hizo a pie.

Por fin, llegó a su propio pueblo.

Una vez en su casa, excavó bajo el horno y allí dio
con el tesoro.

En agradecimiento, construyó un templo y en uno de sus rincones colocó una inscripción: *A veces hace falta viajar lejos para descubrir lo que tenemos cerca.*